Ce livre appartient à

....

Catalogage avant publication de Bibliothèque et Archives Canada

Creese, Sarah

[Daphne the diamond fairy and the catwalk catastrophe. Français]
Daphné la fée des diamants : catastrophe au défilé de mode /
Sarah Creese ; illustrations de Lara Ede ; texte français d'Isabelle Montagnier.

Traduction de: Daphne the diamond fairy and the catwalk catastrophe.
ISBN 978-1-4431-6997-4 (couverture souple)

I. Ede, Lara, illustrateur II. Titre. III. Titre : Daphne the
diamond fairy and the catwalk catastrophe. Français

PZ23.C743Dap 2018   j823.92   C2018-901667-1

Édition publiée par les Éditions Scholastic, 604, rue King Ouest,
Toronto (Ontario) M5V 1E1.

5 4 3 2 1   Imprimé en Chine CP150   18 19 20 21 22

Scintiville

Daphné

la fée
des diamants

Catastrophe au défilé de mode

Sarah Creese • Lara Ede
Texte français d'Isabelle Montagnier

Dans la rue principale de **Scintiville**
se trouve une très belle **boutique.**

rue Haute

Elle regorge de **robes,** de souliers
et de chapeaux très chics!

BOUTIQUE DE DIAMANTS

Toutes les **robes** sont de véritables chefs-d'œuvre, mais ce qui est bien plus épatant, c'est qu'elles sont confectionnées à la main par **Daphné, la fée des diamants!**

Les diamants sont toujours à la mode.

Les fées viennent de très loin
pour acheter ses créations.
La pauvre Daphné doit les calmer :
— Mes chères, un peu de patience, voyons!

Oh!
Je l'adore!

Elle dessine ses modèles,

puis elle coupe

et **coud** les morceaux.

Elle utilise toutes les couleurs de l'arc-en-ciel et, pour rendre le tout **encore plus beau...**

elle agite, avec un sourire radieux,
sa baguette ornée de **diamants**.

Parfait!

Un **magnifique joyau**
apparaît, donnant la touche finale
à son style éblouissant.

Un beau matin,
alors que Daphné va travailler,

une lettre lui est remise par
des **messagères ailées.**

rue Haute

Tu as du courrier!

Chère Daphné,
peut-on lire en lettres élégantes.
Par la présente,
nous t'invitons à créer
six robes
pour le défilé de mode
de l'incomparable
Chloé Quartz.

Participation sur invitation seulement.
Les créations seront jugées par Chloé Quartz
elle-même, gérante de Fée Fabuleuse,
le plus grand magasin de mode
du Royaume des fées.

Frrrr
Frrrr

Chloé Quartz

Frrrr
Frrrr

Le cœur joyeux, Daphné **fonce** à sa boutique pour commencer à travailler sur sa collection.

— Il faut que ce soit la plus belle, dit-elle. Si je veux gagner, je dois **viser la perfection.**

Jour et nuit, elle **agite** sa baguette, mais les résultats ne sont jamais satisfaisants.

Swich! Swouch!

Soudain, elle trébuche et, de sa baguette,

Swou-oups!

jaillit un rayon **étincelant.**

Une pluie magique de **diamants** recouvre toutes les robes de soirée.

Éblouie par l'éclat des pierres précieuses,
Daphné sait qu'elle va **gagner!**

Le lendemain, ses amies se pressent
pour essayer les créations.
En voyant les nouvelles robes,
elles poussent des **cris** d'admiration.

Tu es
magnifique!

Toi aussi!

Mais devant leur allure élégante,
Daphné devient jalouse et inquiète :
— Pourquoi **devraient-elles**
me voler la vedette?

Daphné, ces robes sont sensationnelles!

Hum...

Faisant la **moue,**
elle finit par dire :
— Je n'ai pas
vraiment le choix.
Mes **créations**
sont trop réussies.
Elles seront encore
plus belles
sur **MOI!**

C'est moi qui les porterai TOUTES.

Le jour du **défilé** arrive vite.
Daphné est bien préparée.

Elle voit ses amies au fond de la salle.
Elles sont venues bien qu'elles soient peinées.

Dans les coulisses, les fées trop affairées
ne remarquent pas le chat de Chloé, Ben.

Croyant poursuivre un oiseau
(une robe vaporeuse),
il provoque une **réaction
en chaîne**...

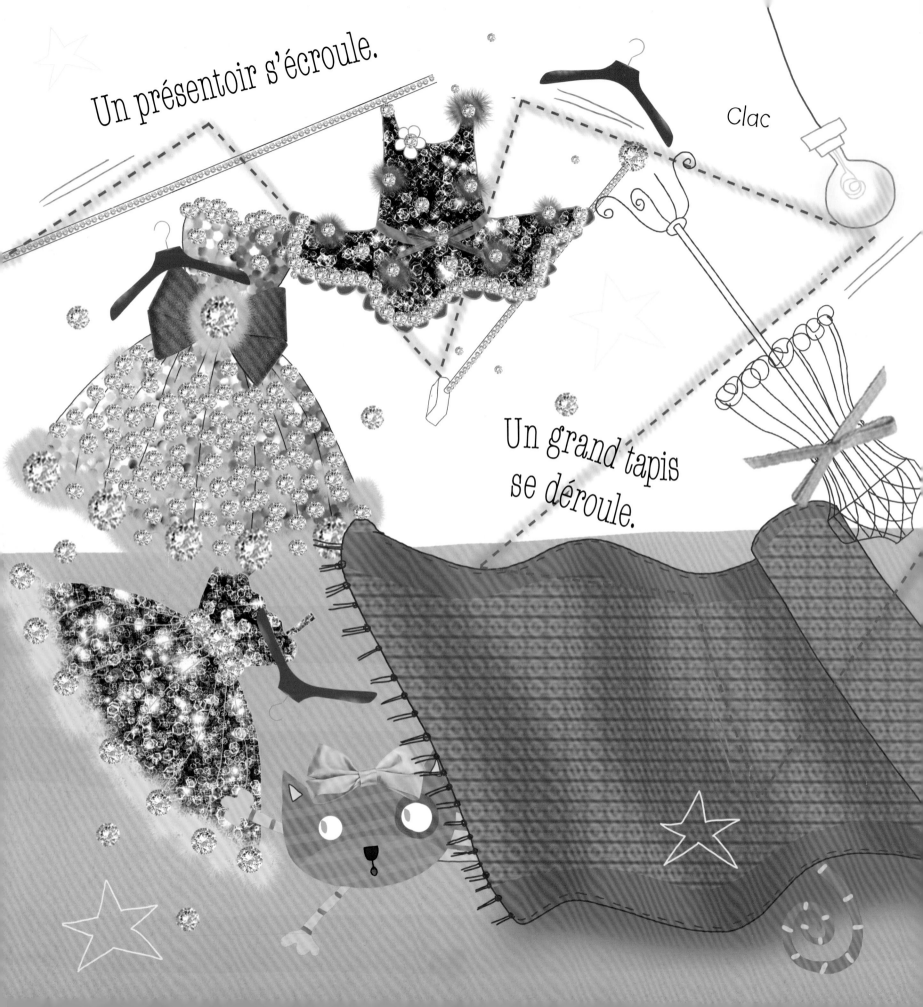

Un présentoir s'écroule.

Clac

Un grand tapis
se déroule.

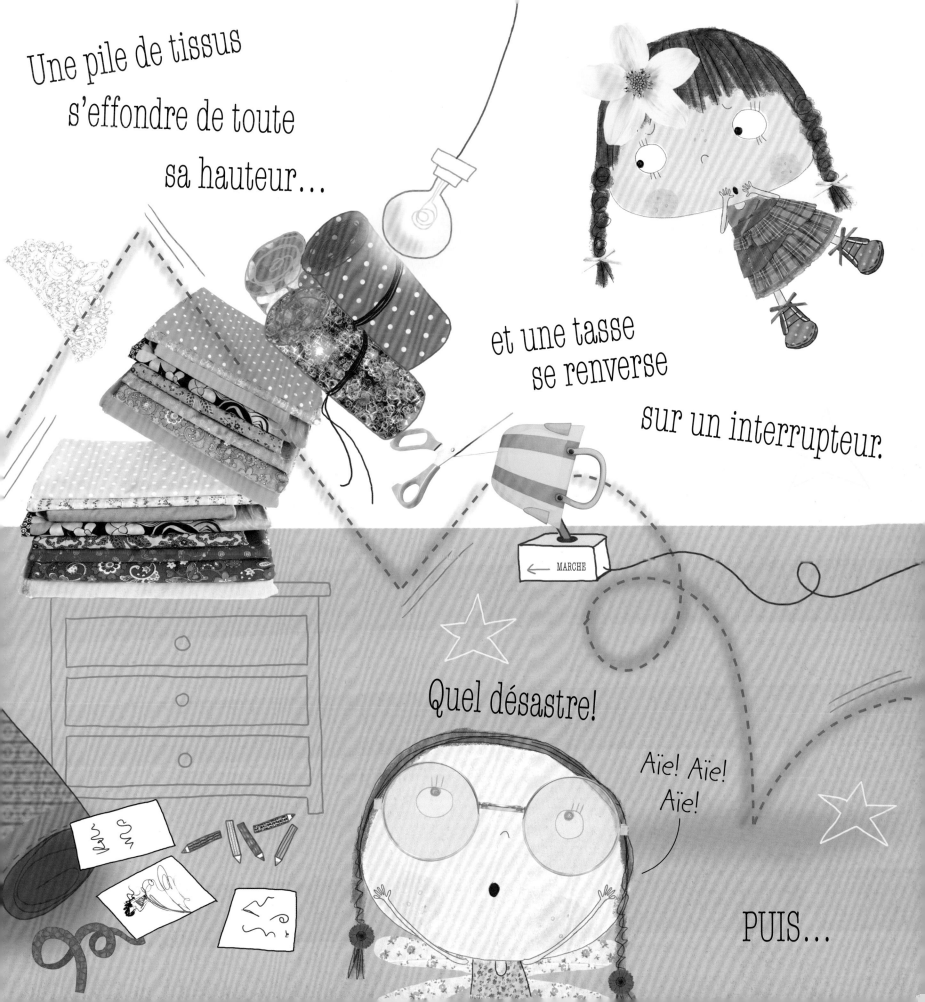

Une pile de tissus s'effondre de toute sa hauteur...

et une tasse se renverse

sur un interrupteur.

← MARCHE

Quel désastre!

Aïe! Aïe! Aïe!

PUIS...

TOUTE LA SALLE EST PLONGÉE DANS LE NOIR!

Les fées battent des ailes
et papillonnent, affolées.
À la lueur de sa baguette,
Daphné, soudain, a une **idée**.

Elle **s'approche** de ses amies et leur dit d'une toute petite voix :
— J'ai été méchante et injuste, et je n'ai pensé qu'à moi. Je vous demande **pardon**. Voulez-vous bien m'aider? Les fées **sourient** et font un **câlin** à Daphné.

— Voici
ce que nous
allons faire.

Oh là là!

Elle donne une **robe scintillante** à chacune de ses amies
et leur dit où se placer.
— Maintenant, préparez-vous! Le **spectacle** va commencer!

Pas besoin d'électricité!

Elle agite sa baguette à gauche, à droite, bien haut.
Une **lumière** éclatante passe de robe en robe,
faisant resplendir les fées et leurs joyaux.

Le défilé connaît un immense succès,
et Chloé demande à la petite couturière :

— Chère Daphné, reviendras-tu tous les ans
pour faire ton **spectacle de lumière?**

Dans leurs jolies robes,
les petites fées brillent de mille feux.
Mais l'amitié qui les unit
est un bien encore plus précieux.